Il conte di Carmagnola

Alessandro Manzoni

Il conte di Carmagnola

Alessandro Manzoni

AL SIGNOR

CARLO CLAUDIO FAURIEL

IN ATTESTATO

DI CORDIALE E RIVERENTE AMICIZIA

L'AUTORE

PERSONAGGI STORICI

IL CONTE DI CARMAGNOLA.

ANTONIETTA VISCONTI, sua moglie.

UNA LORO FIGLIA, a cui nella tragedia si è attribuito il nome di MATILDE.

FRANCESCO FOSCARI, Doge di Venezia.

Condottieri al soldo dei Veneziani:

GIOVANNI FRANCESCO GONZAGA,

PAOLO FRANCESCO ORSINI,

NICOLÒ DA TOLENTINO,

Condottieri al soldo del Duca di Milano:

CARLO MALATESTI,

ANGELO DELLA PERGOLA,

GUIDO TORELLO,

NICOLÒ PICCININO, a cui nella tragedia si è attribuito il cognome di FORTEBRACCIO,

FRANCESCO SFORZA,

PERGOLA Figlio.

PERSONAGGI IDEALI

MARCO, Senatore Veneziano.

MARINO, uno de' Capi del Consiglio dei Dieci.

PRIMO COMMISSARIO veneto nel campo.

SECONDO COMMISSARIO.

UN SOLDATO Del CONTE.

UN SOLDATO prigioniero.

SENATORI, CONDOTTIERI, SOLDATI, PRIGIONIERI, GUARDIE

ATTO PRIMO

SCENA I

Sala del Senato, in Venezia.

IL DOGE e SENATORI seduti.

IL DOGE

È giunto il fin de' lunghi dubbi, è giunto,

nobiluomini, il dì che statuito

fu a risolver da voi. Su questa lega,

a cui Firenze con sì caldi preghi

incontro il Duca di Milan c'invita,

oggi il partito si porrà. Ma pria,

se alcuno è qui cui non sia noto ancora

che vile opra di tenebre e di sangue

sugli occhi nostri fu tentata, in questa

stessa Venezia, inviolato asilo

di giustizia e di pace, odami: al nostro

deliberar rileva assai che' alcuno

qui non l'ignori. Un fuoruscito al Conte

di Carmagnola insidiò la vita;

fallito è il colpo, e l'assassino è in ceppi.

Mandato egli era; e quei che a ciò mandollo

ei l'ha nomato, ed è... quel Duca istesso

di cui qui abbiam gli ambasciatori ancora

a chieder pace, a cui più nulla preme

che la nostra amistà. Tale arra intanto

ei ci dà della sua. Taccio la vile

perfidia della trama, e l'onta aperta

che in un nostro soldato a noi vien fatta.

Due sole cose avverto: egli odia dunque

veracemente il Conte; ella è fra loro

chiusa ogni via di pace; il sangue ha stretto

tra lor d'eterna inimicizia un patto.

L'odia... e lo teme: ei sa che il può dal trono

quella mano sbalzar che in trono il pose;

e disperando che più a lungo in questa

inonorata, improvida, tradita

pace restar noi consentiamo, ei sente

che sia per noi quest'uom; questo tra i primi

guerrier d'Italia il primo, e, ciò che meno

forse non è, delle sue forze istrutto

come dell'arti sue; questo che il lato

saprà tosto trovargli ove più certa,

e più mortal sia la ferita. Ei volle

spezzar quest'arme in nostra mano; e noi

adoperiamla, e tosto. Onde possiamo

un più fedele e saggio avviso in questo,

che dal Conte aspettarci? Io l'invitai;

piacevi udirlo?

(segni di adesione)

S'introduca il Conte.

SCENA II

IL CONTE, e detti.

IL DOGE

Conte di Carmagnola, oggi la prima

occasion s'affaccia in che di voi

si valga la Repubblica, e vi mostri

in che conto vi tiene: in grave affare

grave consiglio ci abbisogna. Intanto

tutto per bocca mia questo Senato

si rallegra con voi da sì nefando

periglio uscito; e protestiam che a noi

fatta è l'offesa, e che sul vostro capo

or più che mai fia steso il nostro scudo,

scudo di vigilanza e di vendetta.

IL CONTE

Serenissimo Doge, ancor null'altro

io per questa ospital terra, che ardisco

nomar mia patria, potei far che voti.

Oh! mi sia dato alfin questa mia vita,

pur or sottratta al macchinar de' vili,

questa che nulla or fa che giorno a giorno

aggiungere in silenzio, e che guardarsi

tristamente, tirarla in luce ancora,

e spenderla per voi, ma di tal modo,

che dir si possa un dì, che in loco indegno

vostr'alta cortesia posta non era.

IL DOGE

Certo gran cose, ove il bisogno il chieda,

ci promettiam da voi. Per or ci giovi

soltanto il vostro senno. In suo soccorso

contro il Visconte l'armi nostre implora

già da lungo Firenze. Il vostro avviso

nella bilancia che teniam librata

non farà piccol peso.

IL CONTE

E senno e braccio

e quanto io sono è cosa vostra: e certo

se mai fu caso in cui sperar m'attenti

che a voi pur giovi un mio consiglio, è questo.

E lo darò: ma pria mi sia concesso

di me parlarvi in breve, e un core aprirvi,

un cor che agogna sol d'esser ben noto.

IL DOGE

Dite: a questa adunanza indifferente

cosa che a cor vi stia giunger non puote.

IL CONTE

Serenissimo Doge, Senatori;

io sono al punto in cui non posso a voi

esser grato e fedel, s'io non divengo

nemico all'uom che mio signor fu un tempo.

S'io credessi che ad esso il più sottile

vincolo di dover mi leghi ancora,

l'ombra onorata delle vostre insegne

fuggir vorrei, viver nell'ozio oscuro

vorrei, prima che romperlo, e me stesso

far vile agli occhi miei. Dubbio veruno

sul partito che presi in cor non sento,

perch'egli è giusto ed onorato: il solo

timor mi pesa del giudizio altrui.

Oh! beato colui cui la fortuna

così distinte in suo cammin presenta

le vie del biasmo e dell'onor, ch'ei puote

correr certo del plauso, e non dar mai

passo ove trovi a malignar l'intento

sguardo del suo nemico. Un altro campo

correr degg'io, dove in periglio sono

di riportar, forza è pur dirlo, il brutto

nome d'ingrato, l'insoffribil nome

di traditor. So che de' grandi è l'uso

valersi d'opra ch'essi stiman rea,

e profondere a quel che l'ha compita

premi e disprezzo, il so; ma io non sono

nato a questo; e il maggior, premio che bramo,

il solo, egli è la vostra stima, e quella

d'ogni cortese; e, arditamente il dico,

sento di meritarla. Attesto il vostro

sapiente giudizio, o Senatori,

che d'ogni obbligo sciolto inverso il Duca

mi tengo, e il sono. Se volesse alcuno

de' benefizi che tra noi son corsi

pareggiar le ragioni, è noto al mondo

qual rimarrebbe il debitor dei due.

Ma di ciò nulla: io fui fedele al Duca

fin che fui seco, e nol lasciai che quando

ei mi v'astrinse. Ei mi balzò dal grado

col mio sangue acquistato: invan tentai

al mio signor lagnarmi. I miei nemici

fatto avean siepe intorno al trono: allora

m'accorsi alfin che la mia vita anch'essa

stava in periglio: a ciò non gli diei tempo.

Ché la mia vita io voglio dar, ma in campo,

per nobil causa, e con onor, non preso

nella rete de' vili. Io lo lasciai,

e a voi chiesi un asilo; e in questo ancora

ei mi tese un agguato. Ora a costui

più nulla io deggio; di nemico aperto

nemico aperto io sono. All'util vostro

io servirò, ma franco e in mio proposto

deliberato, come quei ch'è certo

che giusta cosa imprende.

IL DOGE

E tal vi tiene

questo Senato: già tra il Duca e voi

ha giudicato irrevocabilmente

Italia tutta. Egli la vostra fede

ha liberata, a voi l'ha resa intatta,

qual gliela deste il primo giorno. È nostra

or questa fede; e noi saprem tenerne

ben altro conto. Or d'essa un primo pegno

il vostro schietto consigliar ci sia.

IL CONTE

Lieto son io che un tal consiglio io possa

darvi senza esitanza. Io tengo al tutto

necessaria la guerra, e della guerra,

se oltre il presente è mai concesso all'uomo

cosa certa veder, certo l'evento;

tanto più, quanto fien l'indugi meno.

A che partito è il Duca? A mezzo è vinta

da lui Firenze; ma ferito e stanco

il vincitor; voti gli erari: oppressi

dal terror, dai tributi i cittadini

pregan dal ciel su l'armi loro istesse

le sconfitte e le fughe. Io li conosco,

e conoscer li deggio: a molti in mente

dura il pensier del glorioso, antico

viver civile; e subito uno sguardo

rivolgon di desio là dove appena

d'un qualunque avvenir si mostri un raggio,

frementi del presente e vergognosi.

Ei conosce il periglio; indi l'udite

mansueto parlarvi; indi vi chiede

tempo soltanto de sbranar la preda

che già tiensi tra l'ugne, e divorarla.

Fingiam che glielo diate: ecco mutata

la faccia delle cose; egli soggioga

senza dubbio Firenze; ecco satolle

le costui schiere col tesor de' vinti,

e più folte e anelanti a nove imprese.

Qual prence allor dell'alleanza sua

far rifiuto oseria? Beato il primo

ch'ei chiamerebbe amico! Egli sicuro

consulterebbe e come e quando a voi

mover la guerra, a voi rimasti soli.

L'ira, che addoppia l'ardimento al prode

che si sente percosso, ei non la trova

che ne' prosperi casi: impaziente

d'ogni dimora ove il guadagno è certo,

ma ne' perigli irresoluto: a' suoi

soldati ascoso, del pugnar non vuole

fuor che le prede. Ei nella rocca intanto,

o nelle ville rintanato attende

a novellar di cacce e di banchetti,

a interrogar tremando un indovino.

Ora è il tempo di vincerlo: cogliete

questo momento: ardir prudenza or fia.

IL DOGE

Conte, su questo fedel vostro avviso

tosto il Senato prenderà partito;

ma il segua, o no, v'è grato; e vede in esso,

non men che il senno, il vostro amor per noi.

(parte il Conte)

SCENA III

IL DOGE, e SENATORI

IL DOGE

Dissimil certo da sì nobil voto

nessun s'aspetta il mio. Quando il consiglio

più generoso è il più sicuro, in forse

chi potria rimaner? Porgiam la mano

al fratello che implora: un sacro nodo

stringe i liberi Stati: hanno comuni

tra lor rischi e speranze; e treman tutti

dai fondamenti al rovinar d'un solo.

Provocator dei deboli, nemico

d'ognun che schiavo non gli sia, la pace

con tanta istanza a che ci chiede il Duca?

Perché il momento della guerra ei vuole

sceglierlo, ei solo; e non è questo il suo.

Il nostro egli è, se non ci falla il senno,

né l'animo. Ei ci vuole ad uno ad uno;

andiamgli incontro uniti. Ah! saria questa

la prima volta che il Leon giacesse

al suon delle lusinghe addormentato.

No; fia tentato invan. Pongo il partito

che si stringa la lega, e che la guerra

tosto al Duca s'intimi, e delle nostre

genti da terra abbia il comando il Conte.

MARINO

Contro sì giusta e necessaria guerra

io non sorgo a parlar; questo sol chiedo,

che il buon successo ad accertar si pensi.

La metà dell'impresa è nella scelta

del capitano. Io so che vanta il Conte

molti amici tra noi; ma d'una cosa

mi rendo certo, che nessun di questi

l'ama più della patria; e per me, quando

di lei si tratti, ogni rispetto è nulla.

Io dico, e duolmi che di fronte io deggia,

serenissimo Doge, oppormi a voi,

non è il duce costui quale il richiede

la gravità, l'onor di questo Stato.

Non cercherò perché lasciasse il Duca.

Ei fu l'offeso; e sia pur ver: l'offesa

è tal che accordo non può darsi; e questo

consento: io giuro nelle sue parole.

Ma queste sue parole importa assai

considerarle, perché tutto in esse

ei s'è dipinto; e governar sì ombroso,

sì delicato e violento orgoglio,

o Senatori, non mi par che sia

minor pensier della guerra istessa.

Finor fu nostra cura il mantenerci

la riverenza de' soggetti; or altro

studio far si dovria, come costui

riverir degnamente. E quando egli abbia

la man nell'elsa della nostra spada,

potrem noi dir d'aver creato un servo?

Dovrà por cura di piacergli ognuno

di noi? Se nasce un disparer, fia degno

che nell'arti di guerra il voler nostro

a quel d'un tanto condottier prevalga?

S'egli erra, e nostra è dell'error la pena,

ché invincibil nol credo, io vi domando

se fia concesso il farne lagno; e dove

si riscotan per questo onte e dispregi,

che far? soffrirli? Non v'aggrada, io stimo,

questo partito; risentirci? e dargli

occasion che, in mezzo all'opra, e nelle

più difficili strette ei ci abbandoni

sdegnato, e al primo altro signor che il voglia,

forse al nemico, offra il suo braccio, e sveli

quanto di noi pur sa, magnificando

la nostra sconoscenza, e i suoi gran merti?

IL DOGE

Il Conte un prence abbandonò; ma quale?

un che da lui tenea lo Stato, e a cui

quindi ei minor non potea mai stimarsi;

un da pochi aggirato, e questi vili;

timido e stolto, che non seppe almeno

il buon consiglio tor della paura,

nasconderla nel core, e starsi all'erta;

ma che il colpo accennò pria di scagliarlo:

tale è il signor che inimicossi il Conte.

Ma, lode al ciel, nulla in Venezia io vedo

che gli somigli. Se destrier, correndo,

scosse una volta un furibondo e stolto

fuor dell'arcione, e lo gettò nel fango;

non fia per questo che salirlo ancora

un cauto e franco cavalier non voglia.

MARINO

Poiché sì certo è di quest'uomo il Doge,

più non m'oppongo; e questo a lui sol chiedo:

vuolsi egli far mallevador del Conte?

IL DOGE

A sì preciso interrogar, preciso

risponderò: mallevador pel Conte,

né per altr'uom che sia, certo, io non entro;

dell'opre mie, de' miei consigli il sono:

quando sien fidi, ei basta. Ho io proposto

che guardia al Conte non si faccia, e a lui

si dia l'arbitrio dello Stato in mano?

Ei diritto, anderà; tale io diviso.

Ma s'ei si volge al rio sentier, ci manca

occhio che tosto ce ne faccia accorti,

e braccio che invisibile il raggiunga?

MARCO

Perché i princìpi di sì bella impresa

contristar con sospetti? E far disegni

di terrori e di pene, ove null'altro

che lodi e grazie può aver luogo? Io taccio

che all'util suo sola una via gli è schiusa;

lo star con noi. Ma deggio dir qual cosa

dee sovra ogni altra far per lui fidanza?

La gloria ond'egli è già coperto, e quella

a cui pur anco aspira; il generoso,

il fiero animo suo. Che un giorno ei voglia

dall'altezza calar de' suoi pensieri,

e riporsi tra i vili, esser non puote.

Or, se prudenza il vuol, vegli pur l'occhio;

ma dorma il cor nella fiducia; e poi

che in così giusta e grave causa, un tanto

dono ci manda Iddio; con quella fronte,

e con quel cor che si riceve un dono,

sia da noi ricevuto.

MOLTI SENATORI

Ai voti, ai voti!

IL DOGE

Si raccolgano i voti; e ognun rammenti

quanto rilevi che di qui non esca

motto di tal deliberar, né cenno

che presumer lo faccia. In questo Stato

pochi il segreto hanno tradito, e nullo

fu tra quei pochi che impunito andasse.

SCENA IV

Casa del Conte.

IL CONTE

Profugo, o condottiero. O come il vecchio

guerrier nell'ozio i giorni trar, vivendo

della gloria passata, in atto sempre

di render grazie e di pregar, protetto

dal braccio altrui, che un dì potria stancarsi

e abbandonarmi; o ritornar sul campo,

sentir la vita, salutar di nuovo

la mia fortuna, delle trombe al suono

destarmi, comandar; questo è il momento

che ne decide. Eh! se Venezia in pace

riman, degg'io chiuso e celato ancora

in questo asilo rimaner, siccome

l'omicida nel tempio? E chi d'un regno

fece il destin, non potrà farsi il suo?

Non troverò tra tanti prenci, in questa

divisa Italia, un sol che la corona,

onde il vil capo di Filippo splende,

ardisca invidiar? che si ricordi

ch'io l'acquistai, che dalle man di dieci

tiranni io la strappai, ch'io la riposi

16

su quella fronte, ed or null'altro agogno

che ritorla all'ingrato, e farne un dono

a chi saprà del braccio mio valersi?

SCENA V

MARCO, e IL CONTE

IL CONTE

O dolce amico; ebben qual nova arrechi?

MARCO

La guerra è risoluta, e tu sei duce.

IL CONTE

Marco, ad impresa io non m' accinsi mai

con maggior cor che a questa: una gran fede

poneste in me: ne sarò degno, il giuro.

Il giorno è questo che del viver mio

ferma il destin: poi che quest'alma terra

m'ha nel suo glorioso antico grembo

accolto, e dato di suo figlio il nome,

esserlo io vo' per sempre; e questo brando

io consacro per sempre alla difesa

e alla grandezza sua.

MARCO

Dolce disegno!

non soffra il ciel che la fortuna il rompa...

o tu medesmo.

IL CONTE

Io? come?

MARCO

Al par di tutti

i generosi, che giovando altrui

nocquer sempre a sé stessi, e superate

tutte le vie delle più dure imprese,

caddero a un passo poi, che facilmente

l'ultimo de' mortali avria varcato.

Credi ad un uom che t'ama: i più de' nostri

ti sono amici; ma non tutti il sono.

Di più non dico, né mi lice; e forse

troppo già dissi. Ma la mia parola

nel fido orecchio dell'amico stia,

come nel tempio del mio cor, rinchiusa.

IL CONTE

Forse io l'ignoro? E forse ad uno ad uno

non so quai siano i miei nemici?

MARCO

E sai

chi te gli ha fatti? In pria l'esser tu tanto

maggior di loro, indi lo sprezzo aperto

che tu ne festi in ogni incontro. Alcuno

non ti nocque finor; ma chi non puote

nocer col tempo? Tu non pensi ad essi,

se non allor che in tuo cammin li trovi;

ma pensan essi a te, più che non credi.

Spregia il grande, ed obblia; ma il vil si gode

nell'odio. Or tu non irritarlo: cerca

di spegnerlo; tu il puoi forse. Consiglio

di vili arti ch'io stesso a sdegno avrei,

io non ti do, né tal da me l'aspetti.

Ma tra la noncuranza e la servile

cautela avvi una via; v'ha una prudenza

anche pei cor più nobili e più schivi;

v'ha un'arte d'acquistar l'alme volgari,

senza discender fino ad esse: e questa

nel senno tuo, quando tu vuoi, la trovi.

IL CONTE

Troppo è il tuo dir verace: il tuo consiglio

le mille volte a me medesmo io il diedi;

e sempre all'uopo ei mi fuggì di mente;

e sempre appresi a danno mio che dove

semina l'ira, il pentimento miete.

Dura scola ed inutile! Alfin stanco

di far leggi a me stesso, e trasgredirle,

tra me fermai che, s'egli è mio destino

ch'io sia sempre in tai nodi avviluppato

che mestier faccia a distrigarli appunto

quella virtù che più mi manca, s'ella

è pur virtù; se è mio destin che un giorno

io sia colto in tai nodi, e vi perisca;

meglio è senza riguardi andargli incontro.

Io ne appello a te stesso: i buoni mai

non fur senza nemici, e tu ne hai dunque.

E giurerei che un sol non è tra loro

cui tu degni, non dico accarezzarlo,

ma non dargli a veder che lo dispregi.

Rispondi.

MARCO

È ver: se v'ha mortal di cui

la sorte invidii, è sol colui che nacque

in luoghi e in tempi ov'uom potesse aperto

mostrar l'animo in fronte, e a quelle prove

solo trovarsi ove più forza è d'uopo

che accorgimento: quindi, ove convenga

simular, non ti faccia maraviglia

che poco esperto io sia. Pensa per altro

quanto più m'è concesso impunemente

fallire in ciò che a te; che poche vie

al pugnal d'un nemico offre il mio petto;

che me contra i privati odii assecura

la pubblica ragion; ch'io vesto il saio

stesso di quei che han la mia sorte in mano.

Ma tu stranier, tu condottiero al soldo

di togati signor, tu cui lo Stato

dà tante spade per salvarlo, e niuna

per salvar te... fa che gli amici tuoi

odan sol le tue lodi; e non dar loro

la trista cura di scolparti. Pensa

che felici non son, se tu nol sei.

Che dirò più? Vuoi che una corda io tocchi,

che ancor più addentro nel tuo cor risoni?

Pensa alla moglie tua, pensa alla figlia

a cui tu se' sola speranza: il cielo

dié loro un'alma per sentir la gioia,

un'alma che sospira i dì sereni,

ma che nulla può far per conquistarli.

Tu il puoi per esse; e lo vorrai. Non dire

che il tuo destin ti porta; allor che il forte

ha detto: io voglio, ei sente esser più assai

signor di sé che non pensava in prima.

IL CONTE

Tu hai ragione. Il ciel si prende al certo

qualche cura di me, poiché m'ha dato

un tale amico. Ascolta; il buon successo

potrà, spero, placar chi mi disama:

tutto in letizia finirà. Tu intanto

se cosa odi di me che ti dispiaccia,

l'indole mia ne incolpa, un improvviso

impeto primo, ma non mai l'obblio

di tue parole.

MARCO

Or la mia gioia è intera.

Va, vinci, e torna. Oh come atteso e caro

verrà quel messo che la gloria tua

con la salute della patria annunzi!

FINE DELL'ATTO PRIMO

ATTO SECONDO

SCENA I

Parte, del campo ducale con tende.

21

MALATESTI e PERGOLA

PERGOLA

Sì, condottier; come ordinaste, in pronto
son le mie bande. A voi commise il Duca
l'arbitrio della guerra: io v'ho ubbidito,
ma con dolor; ve ne scongiuro ancora,
non diam battaglia.

MALATESTI

Anzian d'anni e di fama,
o Pergola, qui siete; io sento il peso
del vostro voto; ma cangiar non posso
il mio. Voi lo vedete; il Carmagnola
ci provoca ogni dì: quasi ad insulto
sugli occhi nostri alfin Maclodio ha stretto:
e due partiti ci rimangon soli;
o lui cacciarne, o abbandonar la terra,
che saria danno e scorno.

PERGOLA

A pochi è dato,
a pochi egregi il dubitar di novo,
quando han già detto: ell'è così. S'io parlo
è che tale vi tengo. Italia forse
mai da' barbari in poi non vide a fronte
due sì possenti eserciti: ma il nostro
l'ultimo sforzo è di Filippo. In ogni
fatto di guerra entra fortuna, e sempre
vuol la sua parte: chi nol sa? Ma quando

ne va il tutto, o Signore, allor non vuolsi

dargliene più ch'ella non chiede; e questo

esercito con cui tutto possiamo

salvar, ma che perduto in una volta

mai più rifar non si potria, non dèssi

come un dado gittarlo ad occhi chiusi,

avventurarlo in un sì piccol campo,

e in un campo mal noto, e quel che è peggio

noto al nemico. Ei qui ci trasse: un torto

argin divide le due schiere: a destra

e a sinistra paludi, in esse sparsi

i suoi drappelli; e noi fuori de' nostri

alloggiamenti non teniamo un palmo

pur di terren. Credete ad un che l'arti

conosce di costui, che ha combattuto

al fianco suo: qui c'è un'insidia. Forse

la miglior via di guerreggiar quest'uomo

saria tenerlo a bada, aspettar tempo,

tanto che alcun dei duci ai quali è sopra

prendesse a noia il suo superbo impero;

e il fascio ch'egli or nella mano ha stretto

si rallentasse alfin. Pur, se a giornata

venir si deve, non è questo il loco:

usciam di qui, scegliamo un campo noi,

tiriam quivi il nemico: ivi in un giorno,

senza svantaggio almanco, si decida.

MALATESTI

Due grandi schiere a fronte stanno; e grande

fia la battaglia: d'una tale appunto

abbisogna Filippo. A questi estremi

a poco a poco ei venne, e coi consigli

che or proponete: a trarnelo, fia d'uopo

appigliarci agli opposti. Il rischio vero

sta nell'indugio; e nel mutare il campo

rovina certa. Chi sapria dir quanto

di numero e di cor scemato ei fia,

pria che si ponga altrove? Ora egli è quale

bramar lo puote un capitan; con esso

tutto lice tentar.

SCENA II

SFORZA, FORTEBRACCIO, e detti.

MALATESTI

Ditelo, o Sforza,

e Fortebraccio; voi giungete in tempo:

ditelo voi, come trovaste il campo?

Che possiamo sperarne?

SFORZA

Ogni gran cosa.

Quando gli ordini udir, quando lor parve

che una battaglia si prepari, io vidi

un feroce tripudio: alla chiamata

esultando venièno, e col sorriso

si fean cenno a vicenda. E quando io corsi

entro le file, ad ogni schiera un grido

s'alzava; ognuno in me fissando il guardo

parea dicesse: o condottier, v'intendo.

FORTEBRACCIO

E tai son tutti: allor ch'io venni a' miei,

tutti mi furo intorno. Un mi dicea:

quando udremo le trombe? Altri: noi siamo

stanchi d'esser beffati; e tutti ad una

la battaglia chiedean, come già certi

dell'ottenerla, e dubbi sol del quando.

Ebben, compagni, io rispondea, se il segno

presto s'udrà, mi date voi parola

di vincere con me? Gli elmi levati

sull'aste, un grido universal d'assenso

fu la risposta, ond'io gioisco ancora.

E a tai soldati ci venia proposto

d'intimar la ritratta? e che alle mani,

che già posate sulle spade aspettano

l'ordin di sguainarle e di ferire,

si comandasse di levar le tende?

Chi fronte avria di presentarsi ad essi

con tal ordine ormai?

PERGOLA

Dal parlar vostro

un novo modo di milizia imparo;

che i soldati comandino, e che i duci

ubbidiscano.

FORTEBRACCIO

O Pergola, i soldati

a cui capo son io, fur da quel Braccio

disciplinati, che per tutto ancora

con maraviglia e con terror si noma;

e non son usi a sostener gli scherni

dell'inimico.

PERGOLA

Ed io conduco genti

da me, qual ch'io mi sia, disciplinate;

e sono avvezze ad aspettar la voce

del condottiero, ed a fidarsi in lui.

MALATESTI

Dimentichiamo or noi che numerati

sono i momenti, e non ne resta alcuno

per le gare private?

SCENA III

TORELLO, e detti.

SFORZA

Ebben, Torello,

siete mutato di parer? Vedeste

l'animo ardente de' soldati?

TORELLO

Il vidi;

udii le grida del furor, le grida

della fiducia e del coraggio; e il viso

rivolsi altrove, onde nessun dei prodi

vi leggesse il pensier che mal mio grado

vi si pingeva: era il pensier che false

son quelle gioie e brevi; era il pensiero

del valor che si perde. Io cavalcai

lungo tutta la fronte: io tesi il guardo,

quanto lunge potei; rividi quelle

macchie che sorgon qua e là dal suolo

uliginoso che la via fiancheggia:

là son gli agguati, il giurerei. Rividi

quel doppio cinto di muniti carri,

onde assiepato è del nemico il campo.

Se l'urto primo ei sostener non puote,

ha una ritratta ove sfuggirlo e uscirne

preparato al secondo. Un novo è questo

trovato di costui, per torre ai suoi

il pensier primo che s'affaccia ai vinti,

il pensier della fuga. Ad atterrarlo

due colpi è d'uopo: ei con un sol ne atterra.

Perché, non giova chiuder gli occhi al vero,

non son più quelle guerre, in cui pe' figli

e per le donne e per la patria terra

e per le leggi che la fan sì cara,

combatteva il soldato; in cui pensava

il capitano a statuirgli un posto,

egli a morirvi. A mercenarie genti

noi comandiamo, in cui più di leggieri

trovi il furor che la costanza: e' corrono

volonterosi alla vittoria incontro;

ma s'ella tarda, se son posti a lungo

tra la fuga e la morte, ah! dubbia è troppo

la scelta di costoro. E questo evento

più che tutt'altro antiveder ci è forza.

Vil tempo in cui tanto al comando cresce

difficoltà, quanto la gloria scema!

Io lo ripeto, non è questo un campo

di battaglia per noi.

MALATESTI

Dunque?

TORELLO

Si muti.

Non siam pari al nemico; andiamo in luogo

dove lo siam.

MALATESTI

Così Maclodio a lui

lascerem quasi in dono? I valorosi,

che vi son chiusi, non potran tenersi

più che due giorni.

TORELLO

Il so; ma non si tratta

né d'un presidio qui, né d'una terra;

trattasi dello Stato.

SFORZA

E di che mai

se non di terre si compon lo Stato?

E quelle che indugiando, ad una ad una

già lasciammo sfuggir, quante son elle?

Casal, Bina, Quinzano e... e se vi piace

noveratele voi, ché in tal pensiero

troppo caldo io mi sento. Il nobil manto,

che a noi fidato ha il Duca, a brano a brano

soffriam così che in nostra man si scemi,

e che a lui messo omai da noi non giunga

che una ritratta non gli annunzi. Intanto

superbisce il nemico, e ai nostri indugi

sfacciato insulta.

TORELLO

E questo è segno, o Sforza,

ch'ei brama una battaglia.

SFORZA

Oh, che puot'egli

bramar di più, che innanzi a sé cacciarne

con la spada nel fodero?

PERGOLA

Che puote

bramar di più? Dirovvel io: che noi

tutto arrischiam l'esercito in un campo

ov'egli ha preso ogni vantaggio. Or questo

poniamo in salvo; ché le terre è lieve

riprender con gli eserciti.

FORTEBRACCIO

Con quali?

Non, per mia fé, con quelli a cui s'insegna

a diloggiar quando il nemico appare,

a non mirarlo in faccia, a lasciar soli

nelle angosce i compagni; ma con genti

quali or le abbiam d'ira e di scorno accese,

impazienti di pugnar, con queste

si riparan le perdite, e si vince.

Che dobbiamo aspettar? Brandi arrotati,

perché lasciarli irrugginir?

SFORZA

Torello,

voi temete d'agguati? Anch'io dirovvi:

non son più quelle guerre, in cui minuti

drappelletti movean, con l'occhio teso

ogni macchia guatando, ogni rivolta.

Un'oste intera sopra un'oste intera

oggi rovescerassi: un tanto stuolo

si vince sì, ma non s'accerchia; ei spazza

innanzi a sé gl'intoppi, e fin ch'è unito,

dovunque sia, sul suo terreno è sempre.

FORTEBRACCIO

(a Pergola e Torello)

Siete convinti?

TORELLO

Sofferite...

MALATESTI

Io il sono.

Omai vano è più dir. Certo io mi tengo

che tutti andrete in operar d'accordo

più che non foste in divisar disgiunti.

Poi che un partito e l'altro ha il suo periglio,

scegliamo almen quel che più gloria ha seco.

Noi darem la battaglia: alla frontiera

io mi pongo coi miei; Sforza vien dietro

e chiude la vanguardia; il mezzo tenga

della battaglia Fortebraccio: e il nostro

ufizio sia con impeto serrarci

addosso al campo del nemico, aprirlo,

e spingerci a Maclodio. Voi, Torello,

e voi, Pergola, a cui sì dubbia sembra

questa giornata, io pongo in vostra mano

l'assicurarla: voi, discosti alquanto,

il retroguardo avrete. O la fortuna,

pur come suol, seconda i valorosi,

e rompiamo il nemico; e voi piombate

sopra i dispersi. Ma s'ei dura incontro

l'impeto nostro, e ci vedete entrati

donde uscir soli non possiam; venite

a noi, reggete i periglianti amici;

ché, per cosa che avvenga, io vi prometto,

retrocedere a voi non ci vedrete.

FORTEBRACCIO

Non ci vedrete, no.

SFORZA

Siatene certi.

FORTEBRACCIO

Sia lode al ciel, combatteremo alfine:

mai non accadde a capitan, ch'io sappia,

per fare il suo mestier contender tanto.

PERGOLA

O Carmagnola, tu pensasti che oggi

il giovenil corruccio alla prudenza

prevarrebbe dei vecchi; e ti apponesti.

FORTEBRACCIO

Sì, la prudenza è la virtù dei vecchi:

ella cresce con gli anni, e tanto cresce

che alfin diventa...

PERGOLA

Ebben, dite.

FORTEBRACCIO

Paura;

poi che volete ad ogni modo udirlo.

MALATESTI

Fortebraccio!

PERGOLA

L'hai detto. Ad un soldato

che già più volte avea pugnato e vinto

prima che tu vedessi una bandiera,

oggi tu il primo hai detto...

MALATESTI

Da quel lato,

presso Maclodio è posto il Carmagnola.

Quegli fra noi che avere oggi pensasse

altro nemico che costui, sarebbe

un traditor: pensatamente il dico.

PERGOLA

Ritratto il voto che dapprima io diedi;

e il do per la battaglia: ella fia quale

predissi allor; ma non importa. Allora

potea schifarsi; or la domando io primo:

io son per la battaglia.

MALATESTI

Accetto il voto

ma non l'augurio: lo distorni il cielo

sul capo del nemico.

PERGOLA

O Fortebraccio,

tu m'hai offeso.

MALATESTI

Or via...

FORTEBRACCIO

Se così credi,

sia pur così: perché a te spiaccia, o a quale

altro pur sia, non crederai ch'io voglia

una parola ritirar che uscita

dalle labbra mi sia.

MALATESTI

(in atto di partire)

Chi resta fido

a Filippo, mi segua.

PERGOLA

Io vi prometto

che oggi darem battaglia, e che di noi

non mancheravvi alcuno. O Fortebraccio,

non giunger onta ad onta; io ti ripeto,

tu m'hai offeso. Ascolta, io t'offro il modo

che tu mi renda l'onor mio, serbando

intatto il tuo.

FORTEBRACCIO

Che vuoi?

PERGOLA

Dammi il tuo posto.

Ovunque tu combatta, a tutti è noto

che tu volesti la battaglia, ed io,

io devo ad ogni modo essere in luogo

che l'amico e il nemico aperto veda

ch'io non ho... tu m'intendi.

FORTEBRACCIO

Io son contento.

Prendi quel posto; poi che il brami, è tuo.

O forte, or m'odi: ora m'è dolce il dirti

ch'io non t'offesi, no: per la fortuna

del signor nostro tu soverchio temi:

questo dir volli. Ma il timor che nasce

in cor di quel che ama la vita, e l'ama

più dell'onor, ma che nel cor del prode

muore al primo periglio ch'egli affronta,

e mai più non risorge, o valoroso,

pensavi tu?...

PERGOLA

Nulla pensai: tu parli

da generoso qual tu sei.

(a Malatesti)

Signore,

voi consentite al cambio?...

MALATESTI

Io ci consento;

e son ben lieto di veder tant'ira

tutta cader sovra il nemico.

TORELLO

(allo Sforza)

Io stava

col Pergola da prima; ingiusto, io spero,

non vi parrà...

SFORZA

V'intendo; e con lui state

alla vanguardia: ultimi e primi, tutti

combatterem; poco m'importa il dove.

MALATESTI

Non più ritardi. Iddio sarà coi prodi.

(partono)

SCENA IV

Campo veneziano. Tenda del Conte.

35

IL CONTE, un SOLDATO

SOLDATO

Signor, l'oste nemica è in movimento:

la vanguardia è sull'argine, e s'avanza.

IL CONTE

I condottieri dove son?

SOLDATO

Qui tutti

fuor della tenda i principali; e stanno

gli ordin vostri aspettando.

IL CONTE

Entrino tosto.

(parte il Soldato)

SCENA V

IL CONTE

Eccolo il dì ch'io bramai tanto. — Il giorno

ch'ei non mi volle udir, che invan pregai,

che ogni adito era chiuso, e che deriso,

solo, io partiva, e non sapea per dove,

oggi con gioia io lo rammento alfine.

Ti pentirai, dicea, mi rivedrai,

ma condottier de' tuoi nemici, ingrato!

Io lo dicea; ma allor pareva un sogno,

un sogno della rabbia; ed ora è vero.

Gli sono a fronte: ecco mi balza il core:

io sento il dì della battaglia... E s'io...

No: la vittoria è mia.

SCENA VI

IL CONTE, GONZAGA, ORSINI, TOLENTINO,

altri CONDOTTIERI

IL CONTE

Compagni, udiste

la lieta nova: l'inimico ha fatto

ciò ch'io volea; così voi pur farete.

E il sol che sorge, a ognun di noi, lo giuro,

il più bel dì di nostra vita apporta.

Non è tra voi chi una battaglia aspetti

per farsi un nome, il so; ma questa sera

l'avrem più glorioso; e la parola

che al nostro orecchio sonerà più grata,

omai fia quella di Maclodio. Orsini,

son pronti i tuoi?

ORSINI

Sì.

IL CONTE

Corri all'imboscate

sulla destra dell'argine; raggiungi

quei che vi stanno, e prendine il comando.

E tu a sinistra, o Tolentino. E quindi

non vi movete, che non sia lo scontro

incominciato; quando ei fia, correte

alle spalle al nemico. Udite entrambi.

Se dell'insidie egli s'avvede, e tenta

ritrarsi, appena avrà voltato il dorso,

37

siategli addosso uniti: io son con voi.

Provochi, o fugga, oggi dev'esser vinto.

ORSINI

E lo sarà.

(parte)

TOLENTINO

T'ubbidirem, vedrai.

(parte)

IL CONTE

(agli altri)

Tu, Gonzaga, al mio fianco. I posti a voi

assegnerò sul campo. Andiam, compagni;

si resista al prim'urto: il resto è certo.

CORO

S'ode a destra uno squillo di tromba;

a sinistra risponde uno squillo:

d'ambo i lati calpesto rimbomba

da cavalli e da fanti il terren.

Quinci spunta per l'aria un vessillo;

quindi un altro s'avanza spiegato:

ecco appare un drappello schierato;

ecco un altro che incontro gli vien.

Già di mezzo sparito è il terreno;

già le spade rispingon le spade;

l'un dell'altro le immerge nel seno;

gronda il sangue; raddoppia il ferir.

— Chi son essi? Alle belle contrade

qual ne venne straniero a far guerra?

Qual è quei che ha giurato la terra

dove nacque far salva, o morir?

D'una terra son tutti: un linguaggio

parlan tutti: fratelli li dice

lo straniero: il comune lignaggio

a ognun d'essi dal volto traspar.

Questa terra fu a tutti nudrice,

questa terra di sangue ora intrisa,

che natura dall'altre ha divisa,

e ricinta con l'alpe e col mar.

Ahi! Qual d'essi il sacrilego brando

trasse il primo il fratello a ferire?

Oh terror! Del conflitto esecrando

la cagione esecranda qual è?

— Non la sanno: a dar morte, a morire

qui senz'ira ognun d'essi è venuto;

e venduto ad un duce venduto,

con lui pugna, e non chiede il perché.

Ahi sventura! Ma spose non hanno,

non han madri gli stolti guerrieri?

Perché tutte i lor cari non vanno

dall'ignobile campo a strappar?

E i vegliardi che ai casti pensieri

della tomba già schiudon la mente,

ché non tentan la turba furente

con prudenti parole placar?

Come assiso talvolta il villano

sulla porta del cheto abituro,

segna il nembo che scende lontano

sopra i campi che arati ei non ha;

così udresti ciascun che sicuro

vede lungi le armate coorti,

raccontar le migliaia de' morti,

e la pieta dell'arse città.

Là, pendenti dal labbro materno

vedi i figli che imparano intenti

a distinguer con nomi di scherno

quei che andranno ad uccidere un dì;

qui le donne alle veglie lucenti

de' monili far pompa e de' cinti,

che alle donne diserte de' vinti

il marito o l'amante rapì.

Ahi sventura! sventura! sventura!

Già la terra è coperta d'uccisi;

tutta è sangue la vasta pianura;

cresce il grido, raddoppia il furor.

Ma negli ordini manchi e divisi

mal si regge, già cede una schiera;

già nel volgo che vincer dispera,

della vita rinasce l'amor.

Come il grano lanciato dal pieno

ventilabro nell'aria si spande;

tale intorno per l'ampio terreno

si sparpagliano i vinti guerrier.

Ma improvvise terribili bande

ai fuggenti s'affaccian sul calle;

ma si senton più presso alle spalle

anelare il temuto destrier.

Cadon trepidi a pié de' nemici,

gettan l'arme, si danno prigioni:

il clamor delle turbe vittrici

copre i lai del tapino che mor.

Un corriero è salito in arcioni;

prende un foglio, il ripone, s'avvia,

sferza, sprona, divora la via;

ogni villa si desta al rumor.

Perché tutti sul pesto cammino

dalle case, dai campi accorrete?

Ognun chiede con ansia al vicino,

che gioconda novella recò?

Donde ei venga, infelici, il sapete,

e sperate che gioia favelli?

I fratelli hanno ucciso i fratelli:

questa orrenda novella vi do.

Odo intorno festevoli gridi;

s orna il tempio, e risona del canto;

già s'innalzan dai cori omicidi

grazie ed inni che abbomina il ciel.

Giù dal cerchio dell'alpi frattanto

lo straniero gli sguardi rivolve;

vede i forti che mordon la polve,

e li conta con gioia crudel.

Affrettatevi, empite le schiere,

sospendete i trionfi ed i giochi,

ritornate alle vostre bandiere:

lo straniero discende; egli è qui.

Vincitor! Siete deboli e pochi?

Ma per questo a sfidarvi ei discende;

e voglioso a quei campi v'attende

dove il vostro fratello perì.

Tu che angusta a' tuoi figli parevi,

tu che in pace nutrirli non sai,

fatal terra, gli estrani ricevi:

tal giudizio comincia per te.

Un nemico che offeso non hai,

a tue mense insultando s'asside;

degli stolti le spoglie divide;

toglie il brando di mano a' tuoi re.

Stolto anch'esso! Beata fu mai

gente alcuna per sangue ed oltraggio?

Solo al vinto non toccano i guai;

torna in pianto dell'empio il gioir.

Ben talor nel superbo viaggio

non l'abbatte l'eterna vendetta;

ma lo segna; ma veglia ed aspetta;

ma lo coglie all'estremo sospir.

Tutti fatti a sembianza d'un Solo,

figli tutti d'un solo Riscatto,

in qual ora, in qual parte del suolo,

trascorriamo quest'aura vital,

siam fratelli; siam stretti ad un patto:

maledetto colui che l'infrange,

che s'innalza sul fiacco che piange,

che contrista uno spirto immortal!

FINE DELL'ATTO SECONDO

ATTO TERZO

SCENA I

Tenda del Conte.

IL CONTE e IL PRIMO COMMISSARIO

IL CONTE

Siete contenti?

PRIMO COMMISSARIO

Udir l'alto trionfo

della patria; vederlo; essere i primi

a salutarla vincitrice; a lei

darne l'annunzio; assistere alla fuga

de' suoi nemici; e mentre al nostro orecchio

rimbomba il suon della minaccia ancora,

veder la gloria sua fuor del periglio

uscir raggiante e più che mai serena,

come un sol dalle nubi; è gioia questa

forse, o signor, cui la parola arrivi?

Voi la vedete: essa vi sia misura

della riconoscenza; e ben ci tarda

di rendervi tai grazie in altro nome

che non è il nostro, e del Senato a voi

riferir la letizia e il guiderdone.

Ei sarà pari al merto.

IL CONTE

Io già lo tengo.

Venezia è salva; ho liberata in parte

una grande promessa; ho fatto alfine

risovvenir di me tal che m'avea

dimenticato; ho vinto.

PRIMO COMMISSARIO

Ed or si vuole

assicurar della vittoria il frutto.

IL CONTE

.... Questa è mia cura.

PRIMO COMMISSARIO

Or che dal vostro brando

sgombra è la via, noi ci aspettiam che tutta

voi la farete, né starem fin tanto

che non si giunga del nemico al trono.

IL CONTE

Quando fia tempo.

PRIMO COMMISSARIO

E che? Voi non volete

inseguire i fuggenti?

IL CONTE

Ora non voglio.

PRIMO COMMISSARIO

Ma il Senato lo crede... E noi ben certi

che pari all'alta occasion, che pari

alla vittoria il vostro ardor saria

nel proseguirla, abbiamo a lui...

IL CONTE

Vi siete

troppo affrettati.

PRIMO COMMISSARIO

E che dirà mai quando

udrà che ancor siam qui?

IL CONTE

Dirà, che il meglio

è di fidarsi a chi per lui già vinse.

PRIMO COMMISSARIO

Ma... che pensate far?

IL CONTE

Ve l'avrei detto

più volentier pochi momenti or sono;

pur convien ch'io vel dica. Io non mi voglio

allontanar di qui pria ch'espugnate

non sian le rocche che ci stan d'intorno.

Voglio un solo nemico, e quello in faccia.

PRIMO COMMISSARIO

Or dunque i nostri voti...

IL CONTE

I vostri voti

più arditi son del brando mio, più rapidi

de' miei cavalli;... ed io... la prima volta

è che mi sento dir pur ch'io m'affretti.

PRIMO COMMISSARIO

Ma pensaste abbastanza?

IL CONTE

E che! Sì nova

mi giunge una vittoria? E vi par egli

che questa gioia mi confonda il core

tanto che il primo mio pensier non sia

per ciò che resta a far?

SCENA II

IL SECONDO COMMISSARIO, e detti.

SECONDO COMMISSARIO

(al Conte)

Signor, se tosto

non correte al riparo, una sfacciata

perfidia s'affatica a render vana

sì gran vittoria; e già l'ha fatto in parte.

IL CONTE

Come?

SECONDO COMMISSARIO

I prigioni escon del campo a torme;

i condottieri ed i soldati a gara

li mandan sciolti, né tener li puote

fuor che un vostro comando.

IL CONTE

Un mio comando?

SECONDO COMMISSARIO

Esitereste a darlo?

IL CONTE

È questo un uso

della guerra, il sapete. È così dolce

il perdonar quando si vince! e l'ira

presto si cambia in amistà ne' cori

che batton sotto il ferro. Ah! non vogliate

invidiar sì nobil premio a quelli

che hanno per voi posta la vita, ed oggi

son generosi, perché ier fur prodi.

SECONDO COMMISSARIO

Sia generoso chi per sé combatte,

signor; ma questi, e ad onor l'hanno, io credo,

al nostro soldo han combattuto; e nostri

sono i prigioni.

IL CONTE

E voi potete adunque

creder così: quei che gli han visti a fronte,

che assaggiaro i lor colpi, e che a fatica

su lor le mani insanguinate han poste,

nol crederan sì di leggieri.

PRIMO COMMISSARIO

È questa

dunque una giostra di piacer? Non vince

per conservar, Venezia? E vana al tutto

fia la vittoria?

IL CONTE

Io già l'udii, di novo

la devo udir questa parola: amara,

importuna mi vien come l'insetto

che, scacciato una volta, anco a ronzarmi

torna sul volto... La vittoria è vana?

Il suol d'estinti ricoperto, sparso

e scoraggiato il resto... il più fiorente

esercito! col qual, se unito ancora

e mio foss'egli, e mio davver, torrei

a correr tutta Italia; ogni disegno

dell'inimico al vento; anche il pensiero

dell'offesa a lui tolto; a stento usciti

dalle mie mani, e di fuggir contenti

quattro tai duci, contro a' quai pur ieri

era vanto il resistere; svanito

mezzo il terror di que' gran nomi; ai nostri

raddoppiato l'ardir che agli altri è scemo;

tutta la scelta della guerra in noi;

nostre le terre ch'egli han sgombre... è nulla?

Pensate voi che torneranno al Duca

que' prigioni? che l'amino? che a loro

caglia di lui più che di voi? ch'egli abbiano

combattuto per esso? Han combattuto

perché all'uomo che segue una bandiera,

grida una voce imperiosa in core:

combatti, e vinci. E' son perdenti; e' sono

tornati in libertà; si venderanno...

oh! tale ora è il soldato... a chi primiero

li comprerà... Comprateli, e son vostri.

PRIMO COMMISSARIO

Quando assoldammo chi dovea con essi

pugnar, comprarli noi credemmo allora.

SECONDO COMMISSARIO

Signor, Venezia in voi si fida; in voi

vede essa un figlio; e quanto all'util suo,

alla sua gloria può condur, s'aspetta

che si faccia da voi.

IL CONTE

Tutto ch'io posso.

SECONDO COMMISSARIO

Ebben, che non potete in questo campo?

IL CONTE

Quel che chiedete: un uso antico, un uso

caro ai soldati violar non posso.

SECONDO COMMISSARIO

Voi cui nulla resiste, a cui sì pronto

tien dietro ogni voler, sì ch'uom non vede

se per amore o per timor si pieghi,

voi non potreste in questo campo, voi

fare una legge, e mantenerla?

IL CONTE

Io dissi

ch'io non potea: meglio or dirò: nol voglio.

Non più parole; con gli amici è questo

il mio costume antico, ai giusti preghi

soddisfar tosto e lietamente, e gli altri

apertamente rifiutar. Soldati!

SECONDO COMMISSARIO

Ma... che disegno è il vostro?

IL CONTE

Or lo vedrete.

(a un Soldato che entra)

Quanti prigion restano ancora?

IL SOLDATO

Io credo

quattrocento, signor.

IL CONTE

Chiamali... chiama

i più distinti... quei che incontri i primi:

vengan qui tosto.

(parte il Soldato)

Io 'l potrei certo... Ov'io

dessi un tal cenno, non s'udria nel campo

una repulsa; ma i miei figli, i miei

compagni del periglio e della gioia,

quei che fidano in me, che un capitano

credon seguir sempre a difender pronto

l'onor della milizia ed il vantaggio,

io tradirli così! Farla più serva,

più vil, più trista che non è!... Signori,

fidente io son, come i soldati il sono;

ma se cosa or da me chiedete a forza,

che mi tolga l'amor de' miei compagni,

se mi volete separar da quelli,

e a tal ridurmi ch'io non abbia appoggio

altro che il vostro, mio malgrado il dico,

m'astringerete a dubitar...

SECONDO COMMISSARIO

Che dite!

SCENA III

I PRIGIONIERI, tra i quali PERGOLA figlio, e detti.

IL CONTE

(ai Prigionieri)

O prodi indarno, o sventurati!... A voi

dunque fortuna è più crudel? voi soli

siete alla trista prigionia serbati?

UN PRIGIONIERE

Tale, eccelso signor, non era il nostro

presentimento allor che a voi dinanzi

fummo chiamati, udir ci parve il messo

di nostra libertà. Già tutti l'hanno

ricovrata color che agli altri duci,

minor di voi, caddero in mano; e noi...

IL CONTE

Voi, di chi siete prigionier?

IL PRIGIONIERE

Noi fummo

gli ultimi a render l'armi. In fuga o preso

già tutto il resto, ancor per pochi istanti

fu sospesa per noi l'empia fortuna

della giornata; alfin voi feste il cenno

d'accerchiarci, o signor: soli, non vinti,

ma reliquie de' vinti, al drappel vostro...

IL CONTE

Voi siete quelli? Io son contento, amici,

di rivedervi; e posso ben far fede

che pugnaste da prodi: e se tradito

tanto valor non era, e pari a voi

sortito aveste un condottier, non era

piacevol tresca esservi a fronte.

IL PRIGIONIERE

Ed ora

ci fia sventura il non aver ceduto

che a voi, signore? E quelli a cui toccato

men glorioso è il vincitor, l'avranno

trovato più cortese? Indarno ai vostri

la libertà chiedemmo; alcun non osa

dispor di noi senza l'assenso vostro;

ma cel promiser tutti. Oh! se potete

mostrarvi al Conte, ci dicean: non egli

certo dei vinti aggraverà la sorte;

non fia certo per lui tolta un'antica

cortesia della guerra,... ei che sapria

esser piuttosto ad inventarla il primo.

IL CONTE

(ai Commissari)

Voi gli udite, o signori... Ebben, che dite?...

Voi, che fareste?...

(ai Prigionieri)

Tolga il ciel che alcuno

più altamente di me pensi ch'io stesso.

Voi siete sciolti, amici. Addio: seguite

la vostra sorte, e s'ella ancor vi porta

sotto una insegna che mi sia nemica...

ebben, ci rivedremo.

(segni di gioia tra i Prigionieri, che partono;

il Conte osserva il Pergola figlio, e lo ferma)

O giovinetto,

tu del volgo non sei; l'abito, e il volto

ancor più chiaro il dice; e ti confondi

con gli altri, e taci?

PERGOLA FIGLIO

O capitano, i vinti

non han nulla da dir.

IL CONTE

La tua fortuna

porti così, che ben ti mostri degno

d'una miglior. Quale è il tuo nome?

PERGOLA FIGLIO

Un nome

cui crescer pregio assai difficil fia,

che un grande obbligo impone a chi lo porta:

Pergola è il nome mio.

IL CONTE

Che? Tu sei figlio

di quel valente?

PERGOLA FIGLIO

Il son.

IL CONTE

Vieni ed abbraccia

l'antico amico di tuo padre. Io era

quale or tu sei, quando il conobbi in prima.

Tu mi rammenti i lieti giorni, i giorni

delle speranze. E tu fa cor: fortuna

più giocondi princìpi a me concesse;

ma le promesse sue sono pei prodi;

e o presto o tardi essa le adempie. Il padre

per me saluta, o giovinetto, e digli

ch'io non tel chiesi, ma che certo io sono

ch'ei non volea questa battaglia.

PERGOLA FIGLIO

Ah! certo,

non la volea; ma fur parole al vento.

IL CONTE

Non ti doler: del capitano è l'onta

della sconfitta; e sempre ben comincia

chi da forte combatte ove fu posto.

Vien meco;

(lo prende per mano)

ai duci io vo' mostrarti, io voglio

renderti la tua spada.

(ai Commissari)

Addio, signori;

giammai pietoso coi nemici vostri

io non sarò, che dopo averli vinti.

(partono il Conte e Pergola figlio)

SCENA IV

I due COMMISSARI

SECONDO COMMISSARIO

(dopo qualche silenzio)

Direte ancor che a presagir perigli

troppo facil son io? che le parole

de' suoi contrari, il mio sospetto antico,

l'odio forse, chi sa? mi fanno ingiusto

contro costui? ch'egli è sdegnoso, ardente,

ma leal? che da lui cercar non dessi

ossequi, ma servigi, e quando in grave

caso il nostro volere a lui s'intimi,

il dubitar ch'egli resista è un sogno?

Vi basta questo?

PRIMO COMMISSARIO

C'è di più. Gli dissi

che a noi premea che s'inseguisse il vinto:

ei ricusò.

55

SECONDO COMMISSARIO

Ma che rispose?

PRIMO COMMISSARIO

Ei vuole

assicurarsi delle rocche... ei teme...

SECONDO COMMISSARIO

Cauto ad un tratto è divenuto... e dopo

una vittoria.

PRIMO COMMISSARIO

La parola a stento

gli uscia di bocca: ella parea risposta

all'indiscreto che t'assedia, e vuole

il tuo segreto che per nulla il tocca.

SECONDO COMMISSARIO

Ma l'ha poi detto il suo segreto? E questo

motivo ond'egli accontentar vi volle,

vi parve il solo suo motivo, il vero?

PRIMO COMMISSARIO

Nol so, non ci badai, tempo non ebbi

che di pensar ch'io mi trovava innanzi

un temerario, e ch'io sentia parole

inusitate ai pari nostri.

SECONDO COMMISSARIO

E s'egli

al suo signore antico, al primo ond'ebbe

onor supremi, all'alta creatura

della sua spada, più terror che danno

volesse far? fargli pensar soltanto

quel ch'egli era per lui, quel che gli è contro?

Tal nemico mostrarglisi, ch'ei brami

d'averlo amico ancor? S'ei non potesse

tutto staccare il suo pensier da un trono

ch'egli alzò dalla polve; ov'ebbe il primo

grado dopo colui che v'è seduto?

Se un duca ardente di conquiste, e inetto

a sopportar d'una corazza il peso,

che d'una mano ha d'uopo e d'un consiglio,

e al condottier lo chiede, e gli comanda

ciò ch'ei medesmo gl'inspirò, più grato

signor, più dolce al condottier paresse,

che molti, e vigilanti, e più bramosi

di conservar che d'acquistar, cui preme

sovr'ogni cosa il comandar davvero?

PRIMO COMMISSARIO

Tutto io m'aspetto da costui.

SECONDO COMMISSARIO

Teniamo

questo sospetto: il suo contegno, i nostri

accorgimenti il faran chiaro in breve,

o ad altro almen ci guideranno. Ei trama

certo. Colui che trama, e del successo

si pasce già, come se il tenga, ardito

parla ancor che nol voglia; e quei che sprezza

in faccia il suo signor, già in cor ne ha scelto

un altro, o pensa a diventarlo ei stesso.

No: da Filippo ei non è sciolto in tutto.

A quella stirpe onde la sposa egli ebbe

non è stranier: troppo gli è caro il nodo

che ad essa un dì lo strinse. In quella figlia,

che ha tanta parte in suo pensier, non scorre

col suo confuso de' Visconti il sangue?

PRIMO COMMISSARIO

Come parlò! Come passò dall'ira

al non curar! Con che superba pace

disubbidì! Siam noi nel nostro campo?

Di Venezia i mandati? Eran costoro

vinti e prigioni? E più sicuro il guardo

portavano di noi! Noi testimoni

del suo poter, del conto in cui ci tiene,

de' nostri acquisti così sparsi al vento,

di tal gioia, di tai grazie, di tali

abbracciamenti! Oh! ciò durar non puote.

Che avviso è il vostro?

SECONDO COMMISSARIO

Haccene due? Soffrire,

dissimular, fargli querela ancora

d'un'offesa che mai creder non puote

dimenticata, e insiem la strada aprirgli

di ripararla a modo suo; gradire

che ch'ei ne faccia; chiedergli soltanto

ciò che siam certi d'ottenerne; opporci

sol quanto basti a far che vera appaia

condiscendenza il resto; a dichiararsi

non astringerlo mai; vegliare intanto;

scriverne ai Dieci, ed aspettar comandi.

PRIMO COMMISSARIO

Viver così! Che si diria di noi?

Dell'alto ufizio che ci fu commesso,

a cui venimmo invidiati, e or tale

diviene?

SECONDO COMMISSARIO

È sempre glorioso il posto

dove si serve la sua patria, e dove

si giunge ai fini suoi. Soldati e duci

tutti sono per lui, l'ammiran tutti,

nessun l'invidia; a sommo onor si tiene

bene ubbidirlo; e in questo sol c'è gara

che ad essergli secondo ognuno aspira.

Voce sì cara e riverita in prima,

che forza avrebbe in lor poscia che udita

l'hanno in un tanto dì, che forza avrebbe

se proferisse mai quella parola,

che in core han tutti, la rivolta? Guai!

Che più? gli udimmo pur; come de' suoi,

è nel pensiero de' nemici in cima.

PRIMO COMMISSARIO

Ma siamo a tempo? Ei già sospetta.

SECONDO COMMISSARIO

Il siamo.

Essi armati, e sol essi; avvezzi tutti

a prodigar la vita, a non temere

il periglio, ad amarlo, e delle imprese

a non guardar che la speranza, alfine

più ch'uomini nel campo: ah! se fanciulli

non fosser poi nel resto, ed i sospetti

facili a palesar come a deporli;

se una parola di lusinga, un atto

di sommessa amistà non li volgesse

a talento di quel che l'usa a tempo;

a che saremmo? ubbidiria la spada?

Saremmo ancora i signor noi?

PRIMO COMMISSARIO

Sta bene.

Riesca, o no, questo partito è il solo.

FINE DELL'ATTO TERZO

ATTO QUARTO

SCENA I

Sala dei Capi del Consiglio dei Dieci, in Venezia.

MARCO Senatore, e MARINO uno dei Capi.

MARCO

Eccomi al cenno degli eccelsi Capi

del Consiglio de' Dieci.

MARINO

Io parlo in nome

di tutti lor. Vi si destina un grave

incarco, fuor di qui: se un argomento

di confidenza questo sia... la vostra

coscienza il diravvi.

MARCO

Essa mi dice

che scarsa al merto ed all'ingegno mio

dee la patria concederla, ma intera

alla fede ed al cor.

MARINO

La patria! È un nome

dolce a chi l'ama oltre ogni cosa, e sente

di vivere per lei; ma proferirlo

senza tremar non dee chi resta amico

de' suoi nemici.

MARCO

Ed io...

MARINO

Per chi parlaste

oggi in Senato? Per la patria? I vostri

sdegni, i vostri terrori eran per lei?

Chi vi rendea sì caldo? Il suo periglio,

o il periglio di chi? Chi difendeste...

voi solo?

MARCO

Io so davanti a chi mi trovo.

Sta la mia vita in vostra man, ma il mio

voto non già: giudice ei non conosce

fuor che il mio cor; né d'altro esser può reo

che d'avergli mentito. A darne conto

pur disposto son io.

MARINO

Tutto che puote

por la patria in periglio, essere inciampo

all'alte mire sue, dargli sospetto,

è in nostra man. Perché ci siate or voi,

se nol sapete, se mostrar vi giova

di non saperlo, uditelo. Per ora

d'oggi si parli; non vogliam di tutta

la vostra vita interrogar che un giorno.

MARCO

E che? fors'altro mi si appon? Di nulla

temer poss'io; la mia condotta...

MARINO

È nota

più a noi che a voi. Dalla memoria vostra

forse assai cose ha cancellato il tempo:

il nostro libro non obblia.

MARCO

Di tutto

ragion darò.

MARINO

Voi la darete quando

vi fia chiesta. Non più: quando il Senato

diede il comando al Carmagnola, a molti

era sospetta la sua fede; ad altri

certa parea: potea parerlo allora.

Ei discioglie i prigioni, insulta i nostri

mandati, i nostri pari; ha vinto, e perde

in perfid'ozio la vittoria. Il velo

cade dal ciglio ai più. Nel suo soccorso

troppo fidando, il Trevisan s'innoltra

nel Po, le navi del nemico affronta;

sopraffatto dal numero, richiede

al Capitan rinforzo, e non l'ottiene.

Freme il Senato; poche voci appena

s'alzano ancor per lui. Cremona è presa,

basta sol ch'ei v'accorra; ei non v'accorre.

Giunge l'annunzio oggi al Senato: alfine

più non gli resta difensor che un solo:

solo, ma caldo difensor. Per lui

innocente è costui, degno di lode

più che di scusa; e se ci fu sventura,

colpa è soltanto del destino... e nostra.

Non è giustizia che il persegue: è solo

odio privato, è invidia, è basso orgoglio

che non perdona al sommo, a chi tacendo

grida co' fatti: io son maggior di voi.

Certo inaudito è un tal linguaggio: i Padri

nel lor Senato oggi l'udiro; e muti

si volsero a guardar donde tal voce

venìa, se uno straniero oggi, un nemico

premere un seggio nel Senato ardia.

Chiarito è il Conte un traditor; si vuole

torgli ogni via di nocere. Ma l'arte

tanta e l'audacia è di costui, che reso

ei s'è tremendo a' suoi signori; è forte

di quella forza che gli abbiam fidata;

egli ha il cor de' soldati; e l'armi nostre,

quando voglia, son sue; contro di noi

volger le puote, e il vuol. Certo è follia

aspettar che lo tenti; ognun risolve

ch'ei si prevenga, e tosto. A forza aperta

è impresa piena di perigli. E noi

starem per questo? E il suo maggior delitto

sarà cagion perché impunito ei vada?

Sola una strada alla giustizia è schiusa,

l'arte con cui l'ingannator s'inganna.

Ei ci astrinse a tenerla; ebben, si tenga:

questo è il voto comun. Che fece allora

l'amico di costui? Ve ne rammenta?

Io vel dirò; ché men tranquillo al certo

era in quel punto il vostro cor, dell'occhio

che imperturbato vi seguia. Perdeste

ogni ritegno, oltrepassaste il largo

confin che un resto di prudenza avea

prescritto al vostro ardor, dimenticaste

ciò che promesso v'eravate, intero

ai men veggenti vi svelaste, a quelli

cui parea novo ciò che a noi non l'era.

Ognuno allor pensò che oggi in Senato

c'era un uom di soverchio, e che bisogna

porre il segreto dello Stato in salvo.

MARCO

Signor, tutto a voi lice: innanzi a voi

quel che ora io sia, non so; però non posso

dimenticarmi che patrizio io sono,

né a voi tacer che un dubbio tal m'offende.

Sono un di voi: la causa dello Stato

è la mia causa; e il suo segreto importa

a me non men che altrui.

MARINO

Volete alfine

saper chi siete qui? Voi siete un uomo

di cui si teme, un che lo Stato guarda

come un inciampo alla sua via. Mostrate

che nol sarete; il darvene agio ancora

è gran clemenza.

MARCO

Io sono amico al Conte:

questa è l'accusa mia; nol nego, io il sono:

e il ciel ringrazio che vigor mi ha dato

di confessarlo qui. Ma se nemico

è della patria? Mi si provi, è il mio.

Che gli si appone? I prigionier disciolti?

Non li disciolse il vincitor soldato?

Ma invan pregato il condottier non volle

frenar questa licenza. Il potea forse?

Ma l'imitò. Non ve lo astrinse un uso,

qual ch'ei sia, della guerra? ed al Senato

vera non parve questa scusa? e largo

d'ogni onor poscia non gli fu? L'aiuto

al Trevisan negato? Era più grave

periglio il darlo; era l'impresa ordita

ignaro il Conte; ei non fu chiesto a tempo.

E la sentenza che a sì turpe esiglio

il Trevisan dannò, tutta la colpa

non rovesciò sovra di lui? Cremona?

Chi di Cremona meditò l'acquisto?

Chi l'ordin dié che si tentasse? Il Conte.

Del popol tutto che a rumor si leva

non può scarso drappel l'inaspettato

impeto sostener; ritorna al campo,

non scemo pur d'un combattente. Al Duce

buon consiglio non parve incontro un novo

impensato nemico avventurarsi;

e abbandonò l'impresa. Ella è, fra tante

sì ben compiute, una fallita impresa;

ma il tradimento ov'è? Fiero, oltraggioso

da gran tempo, voi dite, è il suo linguaggio:

un troppo lungo tollerar macchiato

ha l'onor nostro. Ed un'insidia, il lava?

E poi che un nodo, un dì sì caro, ormai

non può tener Venezia e il Carmagnola,

chi ci vieta disciorlo? Un'amistade

sì nobilmente stretta, or non potria

nobilmente finir? Come! anche in questo

un periglio si scorge! Il genio ardito

del condottier; la fama sua si teme,

de' soldati l'amor! Se render piena

testimonianza al ver, colpa si stima;

se a tal trista temenza oppor non lice

la lealtà del Conte; il senso almeno

del nostro onor la scacci. Abbiam di noi

un più degno concetto; e non si creda

che a tal Venezia giunta sia, che possa

porla in periglio un uom. Lasciam codeste

cure ai tiranni: ivi il valor si tema

ove lo scettro è in una mano, e basta

a strapparlo un guerrier che dica: io sono

più degno di tenerlo; e a' suoi compagni

il persuada. Ei che tentar potria?

Al Duca ritornar, dicesi, e seco

le schiere trar nel tradimento. Al Duca?

All'uom che un'onta non perdona mai,

né un gran servigio, ritornar colui

che gli compose e che gli scosse il trono?

Chi non poté restargli amico in tempo

che pugnava per lui, ridivenirlo

dopo averlo sconfitto! Avvicinarsi

a quella man che in questo asilo istesso

comprò un pugnal per trapassargli il petto!

L'odio solo, o signor, creder lo puote.

Ah! qual sia la cagion che innanzi a questo

temuto seggio fa trovarmi, un'alta

grazia mi fia, se fare intender posso

anco una volta il ver: qualche lusinga

io nutro ancor che non fia forse invano.

Sì, l'odio cieco, l'odio sol potea

far che fosse in Senato un tal sospetto

proposto, inteso, tollerato. Ha molti

fra noi nemici il Conte: or non ricerco

perché lo siano: il son. Quando nascoste

all'ombra della pubblica vendetta,

le nimistà private io disvelai;

quando chiedea che a provveder s'avesse

l'util soltanto dello Stato, e il giusto;

allora ufizio io non facea d'amico,

ma di fedel patrizio. Io già non scuso

il mio parlar: quando proporre intesi

che sotto il vel di consultarlo ei sia

richiamato a Venezia, e gli si faccia

onor più dell'usato, e tutto questo

per tirarlo nel laccio... allor, nol nego...

MARINO

Più non pensaste che all'amico.

MARCO

Allora,

dissimular nol vo', tutte sentii

le potenze dell'alma sollevarsi

contro un consiglio... ah fu seguito!... Un solo

pensier non fu; fu della patria mia

l'onor ch'io vedo vilipeso, il grido

de' nemici e de' posteri; fu il primo

senso d'orror che un tradimento inspira

all'uom che dee stornarlo, o starne a parte.

E se pietà d'un prode a tanti affetti

pur si mischiò, dovea, poteva io forse

farla tacer? Son reo d'aver creduto

che util puote a Venezia esser soltanto

ciò che l'onora, e che si può salvarla

senza farsi...

MARINO

Non più: se tanto udii

fu perché ai Capi del Consiglio importa

di conoscervi appien. Piacque aspettarvi

ai secondi pensier; veder si volle

se un più maturo ponderar v' avea

tratto a più saggio e più civil consiglio.

Or, poiché indarno si sperò, credete

voi che un decreto del Senato io voglia

difender ora innanzi a voi? Si tratta

la vostra causa qui. Pensate a voi,

non alla patria: ad altre, e forti, e pure

mani è commessa la sua sorte: e nulla

a cor le sta che il suo voler vi piaccia,

ma che s'adempia, e che non sia sofferto

pure il pensier di porvi impedimento.

A questo vegliam noi. Quindi io non voglio

altro da voi che una risposta. Espresso

sovra quest'uomo è del Senato il voto;

compir si dee; voi, che farete intanto?

MARCO

Quale inchiesta, signor!

MARINO

Voi siete a parte

d'un gran disegno; e in vostro cor bramate

che a voto ei vada: non è ver?

MARCO

Che importa

ciò ch'io brami, allo Stato? A prova ormai

sa che dell'opre mie non è misura

il desiderio, ma il dover.

MARINO

Qual pegno

abbiam da voi che lo farete? In nome

del Tribunale un ve ne chiedo: e questo,

se lo negate, un traditor vi tiene.

Quel che si serba ai traditor, v'è noto.

MARCO

Io... Che si vuol da me?

MARINO

Riconoscete

che patria è questa a cui bastovvi il core

di preferire uno stranier. Sui figli

a stento e tardi essa la mano aggrava;

e a perderne soltanto ella consente

quei che salvar non puote. Ogni error vostro

è pronta ad obbliar; v'apre ella stessa

la strada al pentimento.

MARCO

Al pentimento!

Ebben, che strada?

MARINO

Il Mussulman disegna

d'assalir Tessalonica: voi siete

colà mandato. A quale ufizio, quivi

noto vi fia: pronta è la nave; ed oggi

voi partirete.

MARCO

Ubbidirò.

MARINO

Ma un'arra

si vuol di vostra fé: giurar dovete

per quanto è sacro, che in parole o in cenni

nulla per voi traspirerà di quanto

oggi s'è fisso. Il giuramento è questo:

(gli presenta un foglio)

sottoscrivete.

MARCO

(legge)

E che, signor? Non basta?..

MARINO

E per ultimo, udite. Il messo è in via

che porta al Conte il suo richiamo. Ov'egli

pronto ubbidisca, ed in Venezia arrivi,

giustizia troverà... forse clemenza.

Ma se ricusa, se sta in forse, e segno

dà di sospetto; un gran segreto udite,

e tenetelo in voi; l'ordine è dato

che dalle nostre man vivo ei non esca.

Il traditor che dargli un cenno ardisce,

quei l'uccide, e si perde. Io più non odo

nulla da voi: scrivete; ovvero...

(gli porge il foglio)

MARCO

Io scrivo.

(prende il foglio e lo sottoscrive)

MARINO

Tutto è posto in obblio. La vostra fede

ha fatto il più; vinto ha il dover: l'impresa

compirsi or dee dalla prudenza: e questa

non può mancarvi, sol che in mente abbiate

che ormai due vite in vostra man son poste. (parte)

SCENA II

MARCO

Dunque è deciso!... un vil son io!... fui posto

al cimento; e che feci?... Io prima d'oggi

non conoscea me stesso!... Oh che segreto

oggi ho scoperto! Abbandonar nel laccio

un amico io potea! Vedergli al tergo

l'assassino venir, veder lo stile

che su lui scende, e non gridar: ti guarda!

Io lo potea; l'ho fatto... io più nol devo

salvar; chiamato ho in testimonio il cielo

d'un'infame viltà... la sua sentenza

ho sottoscritta... ha la mia parte anch'io

nel suo sangue! Oh che feci!... io mi lasciai

dunque atterrir?... La vita?... Ebben, talvolta

senza delitto non si può serbarla:

nol sapeva io? Perché promisi adunque?

Per chi tremai? per me? per me? per questo

disonorato capo?... o per l'amico?

La mia ripulsa accelerava il colpo,

non lo stornava. O Dio, che tutto scerni,

rivelami il mio cor; ch'io veda almeno

in quale abisso son caduto, s'io

fui più stolto; o codardo, o sventurato.

O Carmagnola, tu verrai!... sì certo

egli verrà... se anche di queste volpi

stesse. in sospetto, ei penserà che Marco

è senator, che anch'io l'invito; e lunge

ogni dubbiezza scaccerà; rimorso

avrà d'averla accolta... Io son che il perdo!

Ma... di clemenza non parlò quel vile?

Sì, la clemenza che il potente accorda

all'uom che ha tratto nell'agguato, a quello

ch'egli medesmo accusa, e che gli preme

di trovar reo. Clemenza all'innocente!

Oh! il vil son io che gli credetti, o volli

credergli; ei la nomò perché comprese

che bastante a corrompermi non era

il rio timor che a goccia a goccia ei fea

scender sull'alma mia: vide che d'uopo

m'era un nobil pretesto; e me lo diede.

Gli astuti! i traditor! Come le parti

distribuite hanno tra lor costoro!

Uno il sorriso, uno il pugnal, quest'altro

le minacce... e la mia?... voller che fosse

debolezza ed inganno... ed io l'ho presa!

Io li spregiava; e son da men di loro!

Ei non gli sono amici!... Io non doveva

essergli amico: io la cercai; fui preso

dall'alta indole sua, dal suo gran nome.

Perché dapprima non pensai che incarco

è l'amistà d'un uom che agli altri è sopra?

Perché allor correr solo io nol lasciai

la sua splendida via, s'io non potea

seguire i passi suoi? La man gli stesi;

il cortese la strinse; ed or ch'ei dorme,

e il nemico gli è sopra, io la ritiro:

ei si desta, e mi cerca; io son fuggito!

Ei mi dispregia, e more! Io non sostengo

questo pensier... Che feci!... Ebben, che feci?

Nulla finora: ho sottoscritto un foglio,

e nulla più. Se fu delitto il giuro,

non fia virtù l'infrangerlo? Non sono

che all'orlo ancor del precipizio; il vedo,

e ritrarmi poss'io... Non posso un mezzo

trovar?... Ma s'io l'uccido? Oh! forse il disse

per atterrirmi... E se davvero il disse?

Oh empi, in quale abbominevol rete

stretto m'avete! Un nobile consiglio

per me non c'è; qualunque io scelga, è colpa.

Oh dubbio atroce!... Io li ringrazio; ei m'hanno

statuito un destino; ei m'hanno spinto

per una via; vi corro: almen mi giova

ch'io non la scelsi: io nulla scelgo; e tutto

ch'io faccio è forza e volontà d'altrui.

Terra ov'io nacqui, addio per sempre: io spero

ché ti morrò lontano, e pria che nulla

sappia di te: lo spero: in fra i perigli

certo per sua pietade il ciel m'invia.

Ma non morrò per te. Che tu sii grande

e gloriosa, che m'importa? Anch'io

due gran tesori avea, la mia virtude,

ed un amico; e tu m'hai tolto entrambi.

(parte)

SCENA III

Tenda del Conte.

IL CONTE e GONZAGA

IL CONTE

Ebben, che raccogliesti?

GONZAGA

Io favellai,

come imponesti, ai Commissari; e chiaro

mostrai che tutta delle vinte navi

riman la colpa e la vergogna a lui

che non le seppe comandar; che infausta

la giornata gli fu perché la imprese

senza di te; che tu da lui chiamato

tardi in soccorso, romper non dovevi

i tuoi disegni per servir gli altrui;

che l'armi lor, tanto in tua man felici,

sempre il sarian, se questa guerra fosse

commessa al senno ed al voler d'un solo.

IL CONTE

Che dicon essi?

GONZAGA

Si mostrar convinti

ai detti miei: dissero in pria, che nulla

dissimular volean; che amaro al certo

de' perduti navigli era il pensiero,

76

e di Cremona la fallita impresa;

ma che son lieti di saper che il fallo

di te non fu; che di chiunque ei sia,

da te l'ammenda aspettano.

IL CONTE

Tu il vedi,

o mio Gonzaga; se dai fede al volgo,

sommo riguardo, arte profonda è d'uopo

con questi uomin di Stato. Io fui con essi

quel ch'esser soglio; rigettai l'ingiuste

pretese lor, scender li feci alquanto

dall'alto seggio ove si pon chi avvezzo

non è a vedersi altri che schiavi intorno;

io mostrai lor fino a che segno io voglio

che altri signor mi sia: d'allora in poi

mai non l'hanno passato; io li provai

saggi sempre e cortesi.

GONZAGA

E non pertanto

dar consiglio ad alcuno io non vorrei

di tener, questa via. Te da gran tempo

la gloria segue e la fortuna; ad essi

util tu sei, tu necessario e caro,

terribil forse: e tu la prova hai vinta;

se pur può dirsi che sia vinta ancora.

IL CONTE

Che dubbi hai tu?

GONZAGA

Tu, che certezza? Io vedo

dolci sembianti, e dolci detti ascolto:

segni d'amor; ma pur, l'odio che teme,

altri ne ha forse?

IL CONTE

No: di questo io nulla

sono in pensier. Troppo a regnar son usi;

e san che all'uom da cui s'ottiene il molto

chieder non dessi improntamente il meno.

E poi, mi credi, io li guardai dappresso:

questa cupa arte lor, questi intricati

avvolgimenti di menzogna, questo

finger, tacere, antiveder, di cui

tanto li loda e li condanna il mondo

è meno assai di quel che al mondo appare.

GONZAGA

Se pur non era di lor arte il colmo

il parer tali a te.

IL CONTE

No: tu li vedi

con l'occhio altrui: quando col tuo li veda,

tu cangerai pensiero. Havvene assai

di schietti e buoni; havvene tal che un'alta

anima chiude, a cui pensier non osa

avvicinarsi che gentil non sia:

anima dolce e disdegnosa, in cui

legger non puoi, che tu non sia compreso

d'amor, di riverenza, e di desio

di somigliarle. Non temer; non sono

di me scontenti; e quando il fosser mai,

io lo saprei ben tosto.

GONZAGA

Il Ciel non voglia

che tu t'inganni.

IL CONTE

Altro mi duol: son stanco

di questa guerra che condur non posso

a modo mio. Quand'io non era ancora

più che un soldato di ventura, ascoso

e perduto tra i mille, ed io sentia

che al loco mio non m'avea posto il cielo,

e dell'oscurità l'aria affannosa

respirava fremendo, ed il comando

sì bello mi parea,... chi m'avria detto

che l'otterrei, che a gloriosi duci,

e a tanti e così prodi e così fidi

soldati io sarei capo; e che felice

io non sarei perciò!...

(entra un Soldato)

Che rechi?

SOLDATO

Un foglio

di Venezia.

(gli porge il foglio, e parte)

IL CONTE

Vediam.

(legge)

Non tel diss'io?

mai non gli ebbi più amici: a loro il Duca

chiede la pace, e conferir con meco

braman di ciò. Vuoi tu seguirmi?

GONZAGA

Io vengo.

IL CONTE

Che dì tu di tal pace?

GONZAGA

Ad un soldato

tu lo domandi?

IL CONTE

È ver; ma questa è guerra?

O mia consorte, o figlia mia, tra poco

io rivedrovvi, abbraccerò gli amici:

questo è contento al certo. Eppur del tutto

esser lieto non so: chi potria dirmi

se un sì bel campo io rivedrò più mai?

FINE DELL'ATTO QUARTO

ATTO QUINTO

SCENA I

Notte. Sala del Consiglio dei Dieci illuminata.

Il DOGE, i DIECI, e il CONTE seduti.

IL DOGE

(al Conte)

A questi patti offre la pace il Duca;

su ciò chiede il Consiglio il parer vostro.

IL CONTE

Signori, un altro io ve ne diedi; e molto

promisi allor: vi piacque. Io attenni in parte

quel che promesso avea: ma lunge ancora

dalle parole è il fatto; ed or non voglio

farle obbliar però: sul labbro mio

imprevidente militar baldanza

non le mettea. Di novo avviso or chiesto,

altro non posso che ridirvi il primo.

Se intera e calda e risoluta guerra

far disponete, ah! siete a tempo: è questa

la miglior scelta ancora. Ei vi abbandona

Bergamo e Brescia; e non son vostre? L'armi

le han fatte vostre: ei non può tanto offrirvi

quanto sperar di torgli v'è concesso.

Ma, da un guerrier che vi giurò sua fede

voi non volete altro che il ver, se il modo

mutar di questa guerra a voi non piace,

accettate gli accordi.

IL DOGE

Il parlar vostro

accenna assai, ma poco spiega: un chiaro

parer vi si domanda.

IL CONTE

Uditel dunque.

Scegliete un duce, e confidate in lui:

tutto ei possa tentar; nulla si tenti

senza di lui: largo poter gli date;

stretto conto ei ne renda. Io non vi chiedo

ch'io sia l'eletto: dico sol che molto

sperar non lice da chi tal non sia.

MARINO

Non l'eravate voi quando i prigioni

sciolti voleste, e il furo? Eppur la guerra

più risoluta non si fea per questo,

né certa più. Duce e signor nel campo,

forse concesso non l'avreste.

IL CONTE

Avrei

fatto di più: sotto alle mie bandiere

venian quei prodi; e di Filippo il soglio

voto or sarebbe, o sederiavi un altro.

IL DOGE

Vasti disegni avete.

IL CONTE

E l'adempirli

sta in voi: se ancor nol son, n'è cagion sola

che la man che il dovea sciolta non era.

MARINO

A noi si disse altra cagion: che il Duca

vi commosse a pietà, che l'odio atroce

che già portaste al signor vostro antico,

sovra i presenti il rovesciaste intero.

IL CONTE

Questo vi fu riferto? Ella è sventura

di chi regge gli Stati udir con pace

l'impudente menzogna, i turpi sogni

d'un vil di cui non degneria privato

le parole ascoltar.

MARINO

Sventura è vostra

che a tal riferto il vostro oprar s'accordi,

che il rio linguaggio lo confermi, e il vinca.

IL CONTE

Il vostro grado io riverisco in voi,

e questi generosi in mezzo a cui

v'ha posto il caso: e mi conforta almeno

che il non mertato onor di che lor piacque

cingere il loro capitan, lo stesso

udirvi io qui, mostra ch'essi han di lui

altro pensiero.

IL DOGE

Uno è il pensier di tutti.

IL CONTE

E qual?

IL DOGE

L'udiste.

IL CONTE

È del Consiglio il voto

quello che udii?

IL DOGE

Sì: il crederete al Doge.

IL CONTE

Questo dubbio di me?...

IL DOGE

Già da gran tempo

non è più dubbio.

IL CONTE

E m'invitaste a questo?

E taceste finor?

IL DOGE

Sì, per punirvi

del tradimento, e non vi dar pretesti

per consumarlo.

IL CONTE

Io traditor! Comincio

a comprendervi alfin: pur troppo altrui

creder non volli. Io traditor! Ma questo

titolo infame infimo a me non giunge:

ei non è mio; chi l'ha mertato il tenga.

Ditemi stolto: il soffrirò, che il merto:

tale è il mio posto qui; ma con null'altro

lo cambierei, ch'egli è il più degno ancora.

Io guardo, io torno col pensier sul tempo

che fui vostro soldato: ella è una via

sparsa di fior. Segnate il giorno in cui

vi parvi un traditor! Ditemi un giorno

che di grazie e di lodi e di promesse

colmo non sia! Che più? Qui siedo; e quando

io venni a questo che alto onor parea,

quando più forte nel mio cor parlava

fiducia, amor, riconoscenza, e zelo...

Fiducia no: pensa a fidarsi forse

quei che invitato tra gli amici arriva?

Io veniva all'inganno! Ebben, ci caddi;

ella è così. Ma via; poiché gettato

è il finto volto del sorriso ormai,

sia lode al ciel; siamo in un campo almeno

che anch'io conosco. A voi parlare or tocca;

e difendermi a me: dite, quai sono

i tradimenti miei?

IL DOGE

Gli udrete or ora

dal Collegio segreto.

IL CONTE

Io lo ricuso.

Ciò che feci per voi, tutto lo feci

alla luce del sol; renderne conto

tra insidiose tenebre non voglio.

Giudice del guerrier, solo è il guerriero.

Voglio scolparmi a chi m'intenda; voglio

che il mondo ascolti le difese, e veda...

IL DOGE

Passato è il tempo di voler.

IL CONTE

Qui dunque

mi si fa forza? Le mie guardie!

(alzando la voce, si move per uscire)

IL DOGE

Sono

lunge di qui. Soldati!

(entrano genti armate)

Eccovi ormai

le vostre guardie.

IL CONTE

Io son tradito!

IL DOGE

Un saggio

pensier fu dunque il rimandarle: a torto

non si pensò che, in suo tramar sorpreso,

farsi ribelle un traditor potria.

IL CONTE

Anche un ribelle, sì: come v'aggrada

ormai potete favellar.

IL DOGE

Sia tratto

al Collegio segreto.

IL CONTE

Un breve istante

udite in pria. Voi risolveste, il vedo,

la morte mia; ma risolvete insieme

la vostra infamia eterna. Oltre l'antico

confin l'insegna del Leon si spiega

su quelle torri, ove all'Europa è noto

ch'io la piantai. Qui tacerassi, è vero;

ma intorno a voi, dove non giunge il muto

terror del vostro impero, ivi librato,

ivi in note indelebili fia scritto

il benefizio e la mercé. Pensate

ai vostri annali, all'avvenir. Tra poco

il dì verrà che d'un guerriero ancora

uopo vi sia: chi vorrà farsi il vostro?

Voi provocate la milizia. Or sono

in vostra forza, è ver; ma vi sovvenga

ch'io non ci nacqui, che tra gente io nacqui

belligera, concorde: usa gran tempo

a guardar come sua questa qualunque

gloria d'un suo concittadin, non fia

che straniera all'oltraggio ella si tenga.

Qui c'è un inganno: a ciò vi trasse un qualche

vostro nemico e mio: voi non credete

ch'io vi tradissi. È tempo ancora.

IL DOGE

È tardi.

Quando il delitto meditaste, e baldo

affrontavate chi dovea punirlo,

tempo era allor d'antiveggenza.

IL CONTE

Indegno!

Tu mi rendi a me stesso. Tu credesti

ch'io chiedessi pietà, ch'io ti pregassi:

tu forse osasti di pensar che un prode

pe' giorni suoi tremava. Ah! tu vedrai

come si mor. Va; quando l'ultim'ora

ti coglierà sul vil tuo letto, incontro

non le starai con quella fronte al certo,

che a questa infame, a cui mi traggi, io reco.

(parte il Conte tra i Soldati)

SCENA II

Casa del Conte.

ANTONIETTA, e MATILDE

MATILDE

Ecco l'aurora; e il padre ancor non giunge.

ANTONIETTA

Ah! tu nol sai per prova: i lieti eventi

tardi, aspettati giungono, e non sempre.

Presta soltanto è la sventura, o figlia:

intraveduta appena, ella c'è sopra.

Ma la notte passò: l'ore penose

del desio più non son: tra pochi istanti

quella del gaudio sonerà. Non puote

ei più tardar; da questo indugio io prendo

un fausto augurio: il consultar sì lungo

tratto non han, che per fermar la pace.

Ei sarà nostro, e per gran tempo.

MATILDE

O madre,

anch'io lo spero. Assai di notti in pianto,

e di giorni in sospetto abbiam passati.

È tempo ormai che, ad ogni istante, ad ogni

novella, ad ogni susurrar del volgo

più non si tremi, e all'alma combattuta

quell'orrendo pensier più non ritorni:

forse colui che sospirate, or more.

ANTONIETTA

Oh rio pensier! ma almen per ora è lunge.

Figlia, ogni gioia col dolor si compra.

Non ti sovvien quel dì che il tuo gran padre

tratto in trionfo, tra i più grandi accolto,

portò l'insegne de' nemici al tempio?

MATILDE

Oh giorno!

ANTONIETTA

Ognun parea minor di lui;

l'aria sonava del suo nome; e noi

scevre dal volgo, in alto loco intanto

contemplavam quell'uno in cui rivolti

eran tutti gli sguardi: inebbriato

il cor tremava, e ripetea: siam sue.

MATILDE

Felici istanti!

ANTONIETTA

Che avevam noi fatto

per meritarli? A questa gioia il cielo

ci trascelse tra mille. Il ciel ti scelse,

il ciel ti scrisse un sì gran nome in fronte;

tal don ti fece, che a chiunque il rechi,

n'andrà superbo. A quanta invidia è segno

la nostra sorte! E noi dobbiam scontarla

con queste angosce.

MATILDE

Ah! son finite... ascolta;

odo un batter di remi... ei cresce... ei cessa...

Si spalancan le porte... ah! certo ei giunge:

o madre, io vedo un'armatura; è lui.

ANTONIETTA

Chi mai saria s'egli non fosse?... O sposo...

(va verso la scena)

SCENA III

GONZAGA, e dette.

ANTONIETTA

Gonzaga!... ov'è il mio sposo? ov'è?... Ma voi

non rispondete? Oh cielo! il vostro aspetto

annunzia una sventura.

GONZAGA

Ah che pur troppo

annunzia il vero!

MATILDE

A chi sventura?

GONZAGA

O donne!

Perché un incarco sì crudel m'è imposto?

ANTONIETTA

Ah! voi volete esser pietoso, e siete

crudel: tremar più non ci fate. In nome

di Dio, parlate; ov'è il mio sposo?

GONZAGA

Il cielo

vi dia la forza d'ascoltarmi. Il Conte...

MATILDE

Forse è tornato al campo?

GONZAGA

Ah! più non torna...

Egli è in disgrazia de' Signori... è preso.

ANTONIETTA

Egli preso! perché?

GONZAGA

Gli danno accusa

di tradimento.

ANTONIETTA

Ei traditore?

MATILDE

Oh padre!

ANTONIETTA

Or via, seguite: preparate al tutto

siam noi: che gli faran?

GONZAGA

Dal labbro mio

voi non l'udrete.

ANTONIETTA

Ahi l'hanno ucciso!

GONZAGA

Ei vive;

ma la sentenza è proferita.

ANTONIETTA

Ei vive?

Non pianger, figlia, or che d'oprare è il tempo.

Gonzaga, per pietà, non vi stancate

della nostra sventura; il ciel v'affida

due derelitte: ei v'era amico: andiamo,

siateci scorta ai giudici. Vien meco,

poverella innocente: oh! vieni: in terra

c'è ancor pietà: son sposi e padri anch'essi.

Mentre scrivean l'empia sentenza, in mente

non venne lor ch'egli era sposo e padre.

Quando vedran di che dolor cagione

è una parola di lor bocca uscita,

ne fremeranno anch'essi; ah! non potranno

non rivocarla: del dolor l'aspetto

è terribile all'uom. Forse scusarsi

quel prode non degnò, rammentar loro

quanto per essi oprò; noi rammentarlo

sapremo. Ah! certo ei non pregò; ma noi,

noi pregheremo.

(in atto di partire)

GONZAGA

Oh ciel, perché non posso

lasciarvi almen questa speranza! A preghi

loco non c'è; qui i giudici son sordi,

implacabili, ignoti: il fulmin piomba,

la man che il vibra è nelle nubi ascosa.

Solo un conforto v'è concesso, il tristo

conforto di vederlo, ed io vel reco.

Ma il tempo incalza. Fate cor; tremenda

è la prova; ma il Dio degl'infelici

sarà con voi.

MATILDE

Non c'è speranza?

ANTONIETTA

Oh figlia!

(partono)

SCENA IV

Prigione.

IL CONTE

A quest'ora il sapranno. Oh perché almeno

lunge da lor non moio! Orrendo, è vero,

lor giungeria l'annunzio; ma varcata

93

l'ora solenne del dolor saria;

e adesso innanzi ella ci sta: bisogna

gustarla a sorsi, e insieme. O campi aperti!

o sol diffuso! o strepito dell'armi!

o gioia de' perigli! o trombe! o grida

de' combattenti! o mio destrier! tra voi

era bello il morir. Ma... ripugnante

vo dunque incontro al mio destin, forzato,

siccome un reo, spargendo in sulla via

voti impotenti e misere querele?

E Marco, anch'ei m'avria tradito! Oh vile

sospetto! oh dubbio! oh potess'io deporlo

pria di morir! Ma no: che val di novo

affacciarsi alla vita, e indietro ancora

volgere il guardo ove non lice il passo?

E tu, Filippo, ne godrai! Che importa?

Io le provai quest'empie gioie anch'io:

quel che vagliano or so. Ma rivederle!

ma i lor gemiti udir! l'ultimo addio

da quelle voci udir! tra quelle braccia

ritrovarmi... e staccarmene per sempre!

Eccole! O Dio, manda dal ciel sovr'esse

un guardo di pietà.

SCENA V

ANTONIETTA, MATILDE, GONZAGA, e il CONTE

ANTONIETTA

Mio sposo!...

MATILDE

Oh padre!

ANTONIETTA

Così ritorni a noi? Questo è il momento

bramato tanto?...

IL CONTE

O misere, sa il cielo

che per voi sole ei m'è tremendo. Avvezzo

io son da lungo a contemplar la morte,

e ad aspettarla. Ah! sol per voi bisogno

ho di coraggio; e voi, voi non vorrete

tormelo, è vero? Allor che Dio sui boni

fa cader la sventura, ei dona ancora

il cor di sostenerla. Ah! pari il vostro

alla sventura or sia. Godiam di questo

abbracciamento: è un don del cielo anch'esso.

Figlia, tu piangi! e tu, consorte!... Ah! quando

ti feci mia, sereni i giorni tuoi

scorreano in pace; io ti chiamai compagna

del mio tristo destin: questo pensiero

m'avvelena il morir. Deh ch'io non veda

quanto per me sei sventurata!

ANTONIETTA

O sposo

de' miei bei dì, tu che li festi; il core

vedimi; io moio di dolor; ma pure

bramar non posso di non esser tua.

IL CONTE

Sposa, il sapea quel che in te perdo; ed ora

non far che troppo il senta.

MATILDE

Oh gli omicidi!

IL CONTE

No, mia dolce Matilde; il tristo grido

della vendetta e del rancor non sorga

dall'innocente animo tuo, non turbi

quest'istanti: son sacri. Il torto è grande;

ma perdona, e vedrai che in mezzo ai mali

un'alta gioia anco riman. La morte!

Il più crudel nemico altro non puote

che accelerarla. Oh! gli uomini non hanno

inventata la morte: ella saria

rabbiosa, insopportabile: dal cielo

essa ci viene; e l'accompagna il cielo

con tal conforto, che né dar né torre

gli uomini ponno. O sposa, o figlia, udite

le mie parole estreme: amare, il vedo,

vi piombano sul cor; ma un giorno avrete

qualche dolcezza a rammentarle insieme.

Tu, sposa, vivi; il dolor vinci, e vivi;

questa infelice orba non sia del tutto.

Fuggi da questa terra, e tosto ai tuoi

la riconduci: ella è lor sangue; ad essi

fosti sì cara un dì! Consorte poi

del lor nemico, il fosti men; le crude

ire di Stato avversi fean gran tempo

de' Carmagnola e de' Visconti il nome.

Ma tu riedi infelice; il tristo oggetto

dell'odio è tolto: è un gran pacier la morte.

E tu, tenero fior, tu che tra l'armi

a rallegrare il mio pensier venivi,

tu chini il capo: oh! la tempesta rugge

sopra di te! tu tremi, ed al singulto

più non regge il tuo sen; sento sul petto

le tue infocate lagrime cadermi;

e tergerle non posso: a me tu sembri

chieder pietà, Matilde: ah! nulla il padre

può far per te; ma pei diserti in cielo

c è un Padre, il sai. Confida in esso, e vivi

a dì tranquilli se non lieti: Ei certo

te li prepara. Ah! perché mai versato

tutto il torrente dell'angoscia avria

sul tuo mattin, se non serbasse al resto

tutta la sua pietà? Vivi, e consola

questa dolente madre. Oh ch'ella un giorno

a un degno sposo ti conduca in braccio!

Gonzaga, io t'offro questa man che spesso

stringesti il dì della battaglia, e quando

dubbi eravam di rivederci a sera.

Vuoi tu stringerla ancora, e la tua fede

darmi che scorta e difensor sarai

di queste donne, fin che sian rendute

ai lor congiunti?

GONZAGA

Io tel prometto.

IL CONTE

Or sono

contento. E quindi, se tu riedi al campo,

saluta i miei fratelli, e dì lor ch'io

moio innocente: testimon tu fosti

dell'opre mie, de' miei pensieri, e il sai.

Dì lor che il brando io non macchiai con l'onta

d'un tradimento: io nol macchiai: son io

tradito. E quando squilleran le trombe,

quando l'insegne agiteransi al vento,

dona un pensiero al tuo compagno antico.

E il dì che segue la battaglia, quando

sul campo della strage il sacerdote,

tra il suon lugubre, alzi le palme, offrendo

il sacrifizio per gli estinti al cielo,

ricordivi di me, che anch'io credea

morir sul campo.

ANTONIETTA

Oh Dio, pietà di noi!

IL CONTE

Sposa, Matilde, ormai vicina è l'ora;

convien lasciarci... addio.

MATILDE

No, padre...

IL CONTE

Ancora

una volta venite a questo seno;

e per pietà partite.

ANTONIETTA

Ah no! dovranno

staccarci a forza.

(si sente uno strepito d'armati)

MATILDE

Oh qual fragor!

ANTONIETTA

Gran Dio!

(s'apre la porta di mezzo, e s'affacciano genti armate; il capo di esse s'avanza
verso il Conte: le due donne cadono svenute)

IL CONTE

O Dio pietoso, tu le involi a questo

crudel momento; io ti ringrazio. Amico,

tu le soccorri, a questo infausto loco

le togli; e quando rivedran la luce

dì lor... che nulla da temer più resta.

FINE DELLA TRAGEDIA